AF532349

LEKTÜRE
HILFE

Lolita

Vladimir Nabokov

Verfasst von Flore Beaugendre und
Margot Pépin
Übersetzt von Miriam Traub

DER
QUERLESER

VLADIMIR NABOKOV

AMERIKANISCH-RUSSISCHER SCHRIFTSTELLER

- **Geboren 1899 in Sankt Petersburg (Russland)**
- **Gestorben 1977 in Montreux (Schweiz)**
- **Einige seiner Werke:**
    - *Lushins Verteidigung* (1930), Roman
    - *Die Gabe* (1937), Roman
    - *Durchsichtige Dinge* (1972), Roman

Vladimir Nabokov stammte aus einer russischen Adelsfamilie. Nach der russischen Revolution war er gezwungen, sein Land zu verlassen und floh nach Europa, wo er Literaturwissenschaften studierte und seine ersten Werke schrieb. Insbesondere durch die Veröffentlichung der Romane *Lushings Verteidigung* und *Die Gabe* erfuhr er in russischsprachigen Schriftstellerkreisen Ansehen.

Nach der Machtübernahme durch die Nationalsozialisten wanderte er in die USA aus und erlangt 1945 die amerikanische Staatsbürgerschaft. Von da an schrieb er auf Englisch und machte sich so auch bei seinem neuen anglophonen Publikum einen Namen. Mit der Veröffentlichung von *Lolita* 1955 schaffte er schließlich den weltweiten Durchbruch. Dieser Erfolgsgeschichte schlossen sich zahlreiche weitere Werke von ihm an, darunter *Sieh doch die Harlekine!* (1973). Heute wird er unbestritten als einer der bedeutendsten Autoren des 20. Jahrhunderts angesehen.

LOLITA

EIN SKANDALÖSER ROMAN

- **Textgattung**: Roman
- **Herangezogene Ausgabe**: Nabokov, Vladimir: *Lolita*, aus dem Englischen von Dieter E. Zimmer und Helen Hessel, Rowolt Taschenbuch, Berlin, 1999
- **Erstausgabe:** 1955
- **Themen:** Leidenschaft, Verliebtheit, Kindheit, Verlangen, Rache, Eifersucht, Pädophilie

Lolita ist das bekannteste Werk Nabokovs. Sie erzählt von der tragischen Liebe eines Mannes in den Vierzigern, Humbert Humbert, für das zwölfjährige „Nymphchen" Dolores Haze. Eine verschönerte Version der Handlung findet sich in der Novelle *Der Zauberer*, die der Autor 1939 schrieb und die erst nach seinem Tod veröffentlicht wurde.

Da die amerikanischen Verlage die Veröffentlichung ablehnten, erschien das Manuskript zum ersten Mal 1955 in Paris in einer

Sammlung schlüpfriger und verrufener Romane. Der Skandal ließ nicht lange auf sich warten und der Verkauf des Romans wurde sogar mehrmals verboten.

INHALTSANGABE

Die Geschichte beginnt mit der Notiz eines Verlegers, der behauptet, die Handlung basiere auf einem tatsächlichen Manuskript Humbert Humberts, der wie Lolita kurz vor seinem Prozess im Gefängnis gestorben sei. Diese Erwähnung eines fiktiven Verlegers soll dem Roman eine realistische und autobiographische Dimension verleihen.

EINE PRÄGENDE JUGENDLIEBE

Der Erzähler Humbert Humbert ist wegen Kindesmissbrauch in Haft. Er erzählt die Geschichte seines Verbrechens, seine Leidenschaft für ein 12-jähriges Mädchen, obwohl er selbst 40 Jahre alt ist. Er beschreibt ausführlich sein Verlangen nach sehr jungen Mädchen, das ihn durch sein gesamtes Erwachsenenleben begleitet. Um diese Anziehung zu erklären, erzählt Humbert von seiner Kindheit in Europa und der „Annabel-Phase", seiner ersten Liebe, als er 13 Jahre alt ist.

Er erzählt von der Leidenschaft, die ihn mit dem jungen Mädchen verband, und den Schock, den ihr Tod bei ihm verursachte, als sie einige Monate später an Typhus starb. In dieser Phase seines Lebens sieht er den Schlüsselmoment für die Anziehungskraft, die die „Nymphchen" auf ihn ausüben, deren Merkmale er im Folgenden schildert. Ein Nymphchen ist für ihn ein Mädchen vor Beginn der Pubertät, das zwischen 9 und 14 Jahre alt ist. Sie muss anmutig, jedoch nicht zwangsläufig schön sein. Es handelt sich dabei eher um ein Gefühl des Erzählers, der einzige, der in der Lage ist, ein junges Mädchen als Nymphe zu erkennen. Er benutzt seine tiefe Liebe zu Annabel dazu, sein Verbrechen psychoanalytisch zu rechtfertigen. Damit gibt er dem Leser und den Richtern die Schlüsselelemente, um seine Persönlichkeit einschätzen zu können.

Als junger Erwachsener heiratet er Valeria, die Tochter seines Arztes. Nach vier Jahren liebloser Ehe verlässt sie ihn für einen anderen Mann. Daraufhin verlässt er Paris und reist in die USA, wo er unter Depressionen leidet und Charlotte Haze kennenlernt. Sie bietet ihm an, ein Zimmer in ihrem Haus zu mieten, in dem sie mit ihrer

Tochter Dolores, auch Lolita genannt, wohnt. Humberts Abneigung gegen Mrs. Haze lässt ihn das Angebot fast ablehnen, doch als er Lolita kennenlernt, ändert er sofort seine Meinung. Die Zwölfjährige ist das Ebenbild von Annabel und so beginnt bald ein Spiel der Verführung, das für Dolores nur ein kindlicher Spaß ist, aber den Erzähler bereits zufriedenstellt.

Von da an führt er ein Tagebuch, in dem er Tag für Tag seine Leidenschaft für das junge Mädchen und seine Annäherungsversuche ihr gegenüber festhält. Er beschreibt darin ebenfalls seine Abneigung gegen ihre Mutter, die er als lästige, alte Schachtel ansieht. Einige Monate verstreichen und Humbert genießt es, in Lolitas Nähe zu leben. Charlotte Haze, die ganz dem Charme ihres Mieters verfallen ist, versteht seine Absichten falsch und versucht selbst, sich ihm anzunähern. Da sie Probleme mit ihrer Tochter hat, beschließt sie, sie den Sommer über in ein Feriencamp zu schicken. Sie freut sich auf die Aussicht, mit Humbert alleine zu sein, und nutzt den Moment, um ihm ihre Liebe zu gestehen. Humbert ist zunächst angewidert, erkennt jedoch schnell, dass sich ihm damit die

Gelegenheit bietet, seinem Nymphchen ewig nah zu sein. Er stellt sich vor, Lolita unter dem Vorwand, der Ehemann ihrer Mutter zu sein, zu berühren, nimmt den Heiratsantrag Charlottes an und wird damit Lolitas Adoptivvater.

In seinem Tagebuch schreibt er die darauffolgenden 50 ermüdenden Tage an der Seite Mrs. Hazes nieder. Als seine Frau ihm mitteilt, Lolita in ein Internat schicken zu wollen, bricht seine Welt zusammen und er sieht sich in der Falle. Doch bald darauf beendet ein Zwischenfall ihre Beziehung: Charlotte findet Humberts Tagebuch und erfährt von seinen Gefühlen für Lolita. Völlig fassungslos verlässt sie das Haus und wird von einem Auto angefahren. Kurz darauf stirbt sie, wie in den gestörten Phantasien Humberts, für den von nun an ein neues Leben beginnt.

EINE VERZEHRENDE LEIDENSCHAFT

Humbert holt Lolita als ihr Adoptivvater im Ferienlager ab und macht ihr weis, ihre Mutter sei krank und sie würden sie im Krankenhaus besuchen. Das junge Mädchen setzt ihr naives Verführungsspiel unmittelbar fort. Sie verbringen eine Nacht im Hotel und Humbert verabreicht ihr Schlafmittel, um sich im Schlaf an ihr zu vergehen zu können. Doch die Tabletten erweisen sich als nicht stark genug und so muss er von ihr ablassen. Seinen Erzählungen nach stellt Lolita ihre bis dahin unschuldige Beziehung auf den Kopf. Er berichtet, selbst geglaubt zu haben, dass Monate oder Jahre vergehen würden, bis er es wagen würde, sich vor Lolita auszuziehen, und dass sie es gewesen sei, die ihn verführt habe.

Nach dem vollzogenen Akt wird Lolita schlecht, sie scheint begriffen zu haben, was geschehen ist und es zu bereuen. Als sie nach ihrer Mutter fragt und bittet, diese sehen zu dürfen, beichtet ihr der Erzähler von deren Tod. Er ist nun die einzige Familie, die ihr geblieben ist.

Humbert befürchtet, dass die Wahrheit ans Licht kommen könnte und ihm das Sorgerecht für Lolita entzogen wird, sollten sie zu sich nach Hause zurückkehren, denn er ist erst seit einem Monat ihr Adoptivvater. Aus diesem Grund begibt er sich mit dem jungen Mädchen auf eine fluchtähnliche Reise, die sie durch ganz Amerika führt, während der sie in Motels und Bungalows übernachten, sich streiten und wieder versöhnen. Die Beziehung zwischen den beiden wird durch

Erpressung und Heuchelei immer angespannter. Humbert beschließt schließlich, die Reise zu beenden, zum einen aus finanziellen Gründen, zum anderen, weil er sich ein normales Leben wünscht.

Sie lassen sich in Beardsley nieder und Lolita geht auf eine Privatschule. Sie nimmt Theaterunterricht und spielt in einem Stück des Dramaturgen Clare mit. So versucht sie, sich die Freiheit zu nehmen, die ihr der Erzähler verweigert. Humbert lehrt inzwischen als Professor an einer Universität, doch er wird zusehends von Verdächtigungen und Eifersucht zerfressen. Er leidet, wenn Lolita das Haus verlässt und er sie sich mit Jungen ihres Alters vorstellt, weshalb er versucht, jede kleinste ihrer Gesten und Handlungen zu überwachen. Seine Angst und Paranoia werden von der Angst verstärkt, entdeckt zu werden und dass Lolita sich aus seiner Tyrannei befreien könnte. Nach einem der unzähligen Streits bittet ihn das junge Mädchen zu seiner großen Überraschung, wieder auf Reisen zu gehen.

Die beiden beginnen also eine Reise, wie Lolita es wollte. Humbert stellt bald fest, dass sie von einem Mann verfolgt werden, der mit dem jungen Mädchen Kontakt aufnehmen will. Lolita scheint einen Plan zu verfolgen, denn sie kennt den Mann. Doch der Erzähler weiß nicht, ob seine Verdächtigungen begründet sind oder seiner paranoiden Vorstellungskraft entspringen. Als Lolita krank wird und im Krankenhaus behandelt wird, nutzt sie durch die Hilfe des geheimnisvollen Mannes, der sich als der Dramaturg Clare Quilty herausstellt, die Gelegenheit zur Flucht. Später wird sie Humbert gestehen, dass Clare der einzige Mann ist, nachdem sie je verrückt war.

Humbert ist außer sich und macht sich auf die Suche nach ihr, er fragt in Motels nach ihr, wo der Dramaturg mit spöttischen Spitznamen unterschrieben hat, die an Lolitas Adoptivvater gerichtet sind. Am Boden zerstört gibt er schließlich auf und lernt ein Jahr später Rita kennen, die seine verständnisvolle Lebensgefährtin und Stütze wird.

Einige Jahre später erhält Humbert einen Brief von Lolita in dem sie schreibt, dass sie verheiratet und schwanger ist und ihren „lieben Papa“ um Geld bittet. Daraufhin sucht er die junge Frau bei ihr zuhause auf. Sie heißt nun Dolores Schiller und lebt mit ihrem Ehemann zusammen, einem jungen Mann, der nichts von ihrer Vergangenheit weiß. Dolores ist kein „Nymphchen“ mehr, doch sie löst noch immer Gefühle in Humbert aus und er will gemeinsam mit ihr davonlaufen. Sie lehnt ab, doch erzählt ihm von ihrer Flucht mit Quilty: Lolita floh aus Liebe mit ihm, doch der Dramaturg verließ sie kurz darauf, da sie sich weigerte, ihm seine sexuellen Wünsche zu erfüllen, die sie anekelten. Humbert ist geschockt von dieser Erzählung und beschließt, mit einer Waffe zu Quiltys Wohnung zu fahren. Dort konfrontieret er ihn mit seinen Taten, doch Quilty ist sturzbetrunken und wirr im Kopf. Schließlich erschießt der Erzähler ihn in einer blutigen Szene und wird daraufhin festgenommen. Er beendet seine Erzählung mit einer letzten Liebeserklärung an Lolita und stellt klar, dass er möchte, dass seine Erinnerungen erst nach ihrem Tod veröffentlicht werden. Lolita stirbt bei der Totgeburt ihres Kindes.

PERSONENANALYSE

HUMBERT HUMBERT

Der Erzähler und Protagonist wurde 1910 in Paris geboren, laut dem fiktiven Vorwort zu Beginn des Romans ist der seltsame Name sein selbstgewähltes Pseudonym. Er verkörpert den Stereotyp des geistreichen und kultivierten Europäers, denn der Intellektuelle ist Professor und Spezialist zeitgenössischer Literatur. Er ist ein „ungewöhnlich gutaussehender Mann; groß, mit langsamen Bewegungen, weichem dunklem Haar und einer schwermütigen und deshalb umso verführerischeren Körperhaltung" (S. 34) und sich seiner Anziehungskraft gegenüber Frauen durchaus bewusst: „Ach, ich wusste nur zu gut, dass ich mit einem Fingerschnipsen jedes erwachsene Weibsbild haben konnte, das ich nur irgend wollte [...]" (ebd.)

Humbert durchlebt depressive Phasen und war bereits zweimal in einer psychiatrischen Klinik in Behandlung. Getrieben von seiner Besessenheit für „Nymphchen" sucht er unaufhörlich ihre

Nähe und versucht dabei, seine Erregtheit zu verbergen, was ihn dazu bringt, ein Doppelleben zu führen. Er lügt, manipuliert und ist sich dabei seiner intellektuellen Überlegenheit bewusst. Da er kalt, berechnend und egozentrisch ist, steht für ihn sein Verlangen über allem und bringt ihn dazu, Lolita trotz seiner angeblichen Liebe wehzutun. Seine Begierde nach dem jungen Mädchen steht im Zentrum seines Lebens, da er unfähig ist, soziale Kontakte zu knüpfen. Er führt also ein Leben fernab von der Realität.

Die sexuelle Beziehung, die er als 13-jähriger mit Annabel beginnt, prägt seine Persönlichkeit: „Es hätte vielleicht gar keine Lolita gegeben, hätte ich nicht eines Sommers ein gewisses UrMädchenkind geliebt". Der Schock über ihren Tod und den zu frühen Verlust dieser ersten Liebe scheinen ihn in dieser Phase seines Lebens gefangen zu halten und die Ursache seiner Obsession junger Mädchen zu sein.

DOLORES HAZE

Dolores, oder auch Lolita, Lo oder Dolly, wurde 1935 geboren. Ihre Mutter Charlotte zieht sie alleine groß, doch die Beziehung der beiden ist mitunter schwierig und konfliktreich. Zu Beginn des Romans ist sie 12 Jahre alt und sie verlässt Humbert mit 14 Jahren. Humbert beschreibt ihr Aussehen häufig und bis ins kleinste Detail. In seinen Augen ist sie die makellose Verkörperung eines „Nymphchens": schön, schlank, mit kastanienbraunen Haaren, gebräunter Haut und Sommersprossen.

Lolita ist lebhaft, oberflächlich und frech. Ihre Ausdrucksweise ist salopp, direkt und provokativ. Sie fordert ihre Mutter bei jeder sich bietenden Gelegenheit heraus und gibt sich bereits beim ersten Treffen vertraut mit Humbert. Sie begeistert sich für Zeitschriften, Kino und Mode und wird so als das perfekte Produkt der amerikanischen Konsumgesellschaft der 1950er Jahre dargestellt.

Sie ist sehr frühreif und hat im Feriencamp bereits erste sexuelle Erfahrungen mit einem Jungen und einem Mädchen ihres Alters gemacht, bevor sie zum Opfer Humberts wird. Durch diese Erfahrung scheint ihr der Akt mit Humbert zunächst gleichgültig zu sein. Zwar spielt sie gerne die Verführerische und Erwachsene, trotzdem ist es Humbert, der in der perversen Beziehung die Bedingungen stellt. Obwohl sie ein gewisses Selbstvertrauen besitzt, auf Humberts Schuldgefühle setzt und sich oft ihrer Situation gegenüber gleichgültig gibt, ist Lolita unglücklich, weint jeden Abend und sucht nach einem Fluchtweg. Als naive und verlorene Waise ist sie für Humbert und Quilty leichte Beute. Mit 17 hat sie es geschafft, sich von den Beziehungen mit den beiden zu lösen, beginnt ihr Leben neu und heiratet einen einfachen und netten jungen Mann, bevor sie bei der Totgeburt ihres Kindes ebenfalls stirbt.

CHARLOTTE HAZE

Charlotte Haze ist die Witwe Harold E. Hazes und wohnt in Ramsdale. Die Mutter von Lolita verkörpert das Bild des gealterten und gefallenen Nymphchens. Obwohl Humbert keinerlei Interesse an ihr hat und sie ausschließlich missbilligend beschreibt, erfährt der Leser, dass sie eine schöne Frau ist, die sich ihrer verführerischen Wirkung auf Männer bewusst ist. Durch ihr Streben nach Schönheit und der Anerkennung andere beweist sie oft ihre Oberflächlichkeit. Sie möchte kultiviert erscheinen, weshalb sie französische Wörter benutzt, diese allerdings an unpassenden Stellen einsetzt, weshalb Humbert diese Angewohnheit ins Lächerliche zieht. Die Heirat mit ihm ist für sie ein Mittel, um in der Gesellschaft auszusteigen, da er ein kultivierter und gutaussehender Mann ist.

Von Natur aus ist sie eifersüchtig und besitzergreifend. In den Auseinandersetzungen mit ihrer Tochter ist sie nicht von ihrer Meinung abzubringen, ungeduldig und manchmal sogar grausam zu ihr. Auf eine gewisse, möglicherweise unterbewusste Weise scheint sie neidisch auf Lolita zu sein, sie sieht sie als Rivalin bei der Eroberung Humberts und will sie kurzzeitig durch das Sommercamp loswerden.

Charlotte Haze fällt auf Humbert Humbert herein und wird als blindes Opfer dargestellt. Dennoch reagiert sie stolz und bestimmt, als sie die Wahrheit über ihn herausfindet. Doch als sie ihn zur Rede stellen und ihr Leben wieder selbst in die Hände nehmen will, wird sie von einem Auto angefahren und stirbt.

CLARE QUILTY

Obwohl er im Roman omnipräsent ist, bleibt Clare Quilty dennoch ein unsichtbarer Protagonist. Zwar taucht er regelmäßig auf, jedoch stets auf indirekte Art und Weise, entweder durch die Erzählungen anderer Personen oder durch die bloße Erwähnung seiner Stimme, die sich an jemanden richtet, bis er schließlich am Ende des Romans erschossen wird. Er ist der Neffe des Zahnarztes von Ramsdale, wo die Familie Haze lebt. Während Humberts und Lolitas Aufenthalt in Beardsley betreut er das Theaterstück, in dem sie mitspielt. Dies erfährt der Leser jedoch erst am Ende des Romans, da sie ihn, um seine Identität vor Humbert nicht preiszugeben, nur Clare nennt.

Der äußerst bekannte Dramaturg ist außerdem sehr wohlhabend und einflussreich. Dies ermöglicht es ihm, seine sexuellen Ausschweifungen auszuleben und dafür Orgien mit den Jugendlichen, mit denen er arbeitet, zu organisieren. In diesem Sinn kann er als Ebenbild und Konkurrent Humberts angesehen werden: beide sind gleich alt, haben einen ähnlich gepflegten Sprachstil, sind besessen von Lolita und begehen letztendlich ähnliche Verbrechen. Die Konfrontation am Ende ist also unvermeidbar. Das indirekte Auftreten Quiltys macht ihn zu einer Bedrohung und die verstreuten Anspielungen auf ihn lassen auf die Wichtigkeit seines Charakters schließen.

VALERIA

Valeria ist die erste Frau Humberts. Sie ist die Tochter eines polnischen Arztes um die Dreißig, hat kurze blonde Locken und eine kindliche Ausstrahlung, was Humbert zunächst anzieht, auch wenn er sie bald schon als hässlich bezeichnet. Der Leser erfährt nur aus Humberts Erzählungen über sie, doch dieser sieht sie nur als ein Mittel gegen die Langeweile und bemüht sich weder, sie kennenzulernen, noch, sie detailliert vorzustellen. Sie ist für ihn nicht mehr als banal, dumm und ohne jegliche Tiefgründigkeit. Nach vier Jahren Ehe, in denen sie kaum beachtet wurde, verliebt sich Valeria in einen anderen Mann und verlässt ihren Ehemann. Humbert erfährt einige Jahre später, dass sie 1945 bei der Geburt ihres Kindes starb.

INTERPRETATION

DAS FIKTIVE MANUSKRIPT

Laut John Gray, dem fiktiven Verleger *Lolitas*, hat Humbert sein Manuskript *Lolita oder Bekenntnisse eines Witwers weißer Rasse* genannt. Dieser Titel erinnert an *Bekenntnisse* (1789) des französischen Schriftstellers Jean-Jaques Rousseau (1712-1778), dem Vorreiter autobiographischer Werke, den Nabokov hier parodiert.

Tatsächlich widersetzt sich der Erzähler bereits im Vorwort Rousseaus Regeln der Autobiographie: absolute Ernsthaftigkeit, Zugeben von Sünden und Zusammenhang. Für Rousseau ist das Ziel der Autobiographie, einen Menschen in seiner ganzen „Naturwahrheit" (Rousseau, Jean Jaques: *Bekenntnisse*, 1782) zu zeigen. Dies ist in *Lolita* allerdings nicht der Fall:

- Humbert drückt zwar mehrmals sein Bedauern und Mitleid gegenüber Lolitas Verzweiflung aus, doch diese Schuldeingeständnisse sind selten, nur von kurzer Dauer und oft an die mitfühlenden Geschworenen gerichtet;

- Seine Bekenntnisse sind unehrlich, von Selbstgefälligkeit geprägt und voller bemühter Rechtfertigungen. So beharrt er darauf, dass das römische Recht, das die Heirat eines 12-jährigen Mädchens duldet, in manchen amerikanischen Staaten noch immer gültig sei, und behauptet, sie habe ihn verführt. Die Ehrlichkeit des Erzählers wird also durchgehend in Frage gestellt;
- Seine Glaubwürdigkeit ist ebenso zweifelhaft. Humbert leidet unter psychischen Problemen, war bereits mehrfach in klinischer Behandlung und lügt gerne. Seine Neigung, Tatsachen zu erfinden, steht im Widerspruch zu seinem angeblichen Willen, seine Bekenntnisse abzulegen.

Diese angebliche Autobiographie ist also gewissermaßen eine Satire der Textgattung selbst.

HUMBERTS PÄDOPHILIE UND SEINE BEZIEHUNGEN

Obwohl der Protagonist das Wort vermeidet, ist Humbert zweifelsohne pädophil und all seine Geständnisse drehen sich um seine krankhafte sexuelle Neigung. Er beschreibt detailliert, was ihn an 9-14-jährigen Mädchen anzieht. Bevor er Lolita trifft, richtet er sein Leben nur darauf aus, „Nymphchen" zu beobachten und ihnen nahe zu kommen. Dazu hält er sich in Parks auf, in denen Kinder spielen, versucht, durch sein Fenster Blicke auf sie zu erhaschen und treibt sich in der Nähe von Schulen herum.

Verachtung und Abscheu

Seine Beziehungen sind ebenfalls von seinen pädophilen Neigungen geprägt. Da Humbert entschlossen ist, seine Triebe geheim zu halten, und Angst hat, entdeckt zu werden, benutzt er Frauen, um den Schein normaler menschlicher Beziehungen zu wahren. Trotzdem zieht er Frauen magisch an und ist sich darüber durchaus im Klaren, auch wenn das Interesse stets einseitig ist. Denn er behandelt sie ausnahmslos mit Kälte und Verachtung: „Die massigen Menschenweibchen, die zu handhaben mir erlaubt war, dienten nur als Palliative" (S. 26).

Seine Ehen

- **Valeria**: 1935 lebt Humbert Humbert in Frankreich, wo er nach einem missglückten Abenteuer mit einer sehr jungen Prostituierten beschließt, sesshaft zu werden: „[...] jedenfalls beschloss ich um meiner eigenen Sicherheit willen bald danach, zu heiraten" (S. 34). Er heiratet also Valeria, die Arzttochter, mit der er Schach spielt. Er wählt sie aus, weil sie sich mädchenhaft *„à la gamine"* (S. 36) anzieht. Sie halten die Fassade ihrer Ehe vier Jahre lang aufrecht. Wenn Humbert von ihr spricht, ist er gefühllos und bezeichnet sie als „große, aufgedunsene, kurzbeinige, dickbusige und so gut wie hirnlose *baba*" (ebd.). Als Humbert ihr von seinem Vorhaben, in die USA auszuwandern, berichtet, erzählt sie ihm von ihrem Geliebten und weigert sich, mit ihm zu gehen. Verblüfft und wütend überlegt er, sie zu töten, und beschränkt sich schließlich darauf, ihr „grässlich wehzutun" (S. 40), wozu es aber zuletzt nicht kommt. Der Grund für diese gewaltsame Wut ist nicht enttäuschte Liebe, sondern der verletzte Narzissmus des Protagonisten, und sie zeigt die Unmenschlichkeit des Erzählers in der Beziehung zu seiner Ehefrau;

- **Charlotte Haze**: Seine zweite Ehe mit Mrs. Haze geht Humbert aufgrund seiner Besessenheit von Lolita ein. Schon als er nur als Mieter bei der Familie Haze wohnt, beschreibt er Charlotte als eine vulgäre, oberflächliche und eifersüchtige Frau, die mehrfach versucht, ihn zu verführen. Um ihren Bemühungen zu entkommen, täuscht er vor, wütend oder müde zu sein. Die Ehe mit der Mutter des „Nymphchens" ist für ihn letztendlich ein Mittel, um sich der Tochter anzunähern. Die verachtenden Bemerkungen über Charlotte sind zahlreich und sie zählt sie selbst auf, als sie das Tagebuch ihres Mannes findet und ihn damit konfrontiert. Er bezeichnet sie als dick, alt, zänkisch und hasserfüllte Mutter. Damit nicht genug, zieht er sogar ernsthaft in Betracht, sie zu töten, doch letztendlich fühlt er sich nicht in der Lage dazu. Als sie einen brutalen Tod stirbt, verspürt er keinerlei Trauer, sondern Erleichterung, endlich mit Lolita alleine zu sein.

- **Rita**: Obwohl Humbert Rita nicht heiratet, wird sie in den Jahren nach Lolitas Flucht doch zu seiner Gefährtin. Er spricht respektvoll und mit einer gewissen Zärtlichkeit über sie und ihre Gutherzigkeit. Ihre Trennung verläuft, anders als bei seinen bisherigen Beziehungen, friedlich: Während sie schläft, sieht er sie ein letztes Mal an, küsst sie auf die Stirn und hinterlässt ihr einen zärtlichen Abschiedsbrief.

Die Schuld

Der aus der ersten Person geschriebene Roman wirkt wie ein Geständnis des Erzählers, der sich vor dem Gericht und vor der gesamten Gesellschaft zu seinen Taten bekennt. Häufig spricht er die Geschworenen oder den Leser direkt an. Auch wenn er will, dass das Dokument erst nach seinem und Lolitas Tod veröffentlicht wird, weiß der Leser, dass er einen Teil seiner Erzählung vor Gericht benutzen wird, weshalb sie insgesamt als Plädoyer zu seiner Verteidigung angesehen werden kann. Humbert gesteht seine Schuld, bekennt seine Reue und sieht sich selbst als Monster an. Das Wortfeld der Ungeheuer ist in dem Roman stark vertreten, er beschreibt beispielsweise seinen ungezügelten „Appetit" auf die armen Nymphchen. Dennoch versucht er, sein Handeln zu erklären und den Leser dadurch milde zu stimmen, insbesondere, indem er seine Liebe zu Lolita bekräftigt. Er gibt zwar zu, ein verachtenswertes, brutales und schreckliches Monster gewesen zu sein, doch beteuert nur umso mehr seine Liebe zu ihr.

Auch wenn er am Ende bedauert, Lolita ihre Kindheit weggenommen zu haben, ist seine Reue ambivalent, denn er erinnert sich trotz allem mit Nostalgie an die Jahre mit ihr und beschreibt diese als paradiesische Momente. Er stellt sich als Opfer seiner Pädophilie und sogar als Opfer Lolitas dar und lässt so die Frage aufkommen, ob er dadurch seine Schuld verringern will oder ob er so blind ist und es ihm so sehr an Empathie mangelt, dass er seinen eigenen Worten tatsächlich Glauben schenkt.

DER EINFLUSS VON LILITH IN NABOKOVS WERKEN

Der Klang des Spitznamens Lolita ähnelt dem Liliths. Diese war laut jüdischer Überlieferung Adams erste Frau, bevor dieser sie aus dem Paradies vertrieb. Damit wurde sie zu einem Sukkubus, einem Dämon, der in Gestalt einer Frau erscheint und Sex mit Schlafenden Männern hat, die sich nur in Form eines Traumes daran erinnern können. Sie ist also gleichzeitig die Verkörperung eines sexuellen Dämons und eine dominante Femme Fatale. Lolita kann also mit Lilith verglichen werden, wie Nabokov im Roman selbst erklärt: „Humbert war durchaus zum Geschlechtsverkehr mit Eva fähig, doch war es Lilith, nach der er sich sehnte". Im Jahr 1928 schrieb der Autor ein Gedicht mit dem Titel „Lilith", was beweist, dass er mit dem Mythos vertraut ist. Es handelt von einem jungen Mädchen, das Lolita sehr ähnlich ist.

Humbert beharrt auf seiner Behauptung, sein Opfer und alle „Nymphchen" hätten etwas Dämonisches an sich, „ihre wahre Natur [...] ist nicht menschlich, sondern nymphisch (das heißt dämonisch)" (S. 24). Wie Lilith weigert sich auch Lolita, sich „ihrem Mann" zu unterwerfen, verrät ihn und flieht, woraufhin dieser in Verzweiflung versinkt. Dies soll die Zerstörung und den teuflischen Einfluss der Frau auf den Mann symbolisieren, wie es in der Bibel dargestellt wird.

Lilith ist das Gegenteil der archaischen, folgsamen Frau, die durch Adams zweite Frau Eva verkörpert wird, die gleichzeitig Frau, Ehefrau und Mutter ist. Charlotte Haze verkörpert diese erwachsene Weiblichkeit, die Humbert als abstoßend empfindet. Lilith repräsentiert die „unerreichbare" Frau, die Fortpflanzung und klassische Sexualität ablehnt. Lolita verkörpert also Lilith, die Kindsfrau, die der Mann nicht heiraten kann, da sie keine Eigenschaften besitzt, die sie zu einer guten Ehefrau macht. Durch Lolitas Tod wird ihre Unfähigkeit, eine „vollständige" Frau zu sein, erneut deutlich, da sie bei der Todgeburt ihrer Tochter stirbt. Wie Lolita schafft Lilith es nicht, die gleiche Rolle wie Eva einzunehmen.

DER SALOME-MYTHOS

Lolita kann aus mehreren Gründen als aktuelle Version des Salome-Mythos aus der Bibel aufgefasst werden: Herodias, die Mutter Salomes und Ehefrau Herodes, bittet ihre Tochter, für ihren Mann zu tanzen. Von der Schönheit und Sinnlichkeit seiner Stieftochter in den Bann gezogen, verspricht Herodes Salome, ihr jeden Wunsch zu erfüllen. Salome fordert also den Kopf des Täufers Johannes auf einem Tablett.

In beiden Fällen ist das Trio das gleiche und es entwickelt sich vor den Augen der Mutter eine perverse Beziehung zwischen Stiefvater und Stieftochter.

Die Ähnlichkeit der beiden Erzählungen ist verblüffend. Salomes Macht entstammt ihrer Jugend, ihrer Anmut und lasziven zu tanzen. Wie Herodes Salome bittet Hubert Lolita, für ihn zu tanzen und versucht, sie mit Versprechungen und Geschenken zu locken.

Salome steht für Zerstörung, sie führt nicht nur den Tod des Täufers Johannes herbei, sondern beraubt auch Herodes seines freien Willens und seiner Kontrolle über sich selbst. Lolitas Peiniger hat nach eigener Aussage durch seine Besessenheit von ihr ebenfalls seinen freien Willen aufgegeben und lässt sich bei allen

Entscheidungen von dem Gedanken an sie leiten. Clare Qunicy kostet seine Besessenheit für Lolita sogar das Leben und auch ihre Mutter stirbt indirekt durch Humberts Obsession.

Außerdem wird Salome als Mythos des ewigen Kampfs zwischen Mann und Frau, Leib und Seele sowie des Unvernünftigen und des Intellekts gesehen. Dies kann auch auf die Beziehung zwischen Humbert und Lolita und sein allgemeines Verhältnis zu Frauen angewandt werden.

LOLITA HEUTE

Das Wort *Lolita* wird heute im allgemeinen Sprachgebrauch häufig benutzt, um den Stereotyp eines frühreifen jugendlichen Mädchens zu beschreiben. Die Hauptfigur im Roman ist jedoch viel komplexer und ambivalenter, sie wurde aus dem Zusammenhang des Romans gerissen und zu einer modernen Ikone gemacht, die nicht mehr dem Vorbild des Romans entspricht.

Einer der Hauptgründe für den Erfolg des Werkes war sicherlich der Kontext der Veröffentlichung. *Lolita* erschien 1955, als die Konsumgesellschaft in Europa und vor allem der USA aufblühte. Die unschuldigen Protagonistinnen dieser Zeit werden erst mit Figuren aus der Mythologie verglichen, bevor sie mit Auftauchen der Massenkultur selbst zu einem mit der Konsumgesellschaft verbundenen modernen Mythos gemacht werden.

Die moderne Lolita ist also eine verführerische Kindsfrau, die der Realität und der gesellschaftlichen Entwicklung hin zum Konsum und dem Jugend- und Körperkult angepasst wurde. Lolita verkörpert alle diese Veränderungen der modernen Welt.

ZUM NACHDENKEN

FRAGEN ZUR VERTIEFUNG

- Beschreibe, was für den Leser an *Lolita* störend ist und beziehe Dich dabei auf das folgende Zitat: „Er [Humbert] ist anomal. Er ist kein Gentleman. Aber wie zauberisch kann seine singende Violine eine Zärtlichkeit für Lolita, ein Mitleid mit ihr heraufbeschwören, die uns dazu bringen, von dem Buch hingerissen zu sein, während wir seinen Autor verabscheuen!" (S. 10).
- Nabokov behauptete einst, *Lolita* überliefere keinerlei moralischen Werte und für ihn müsse ein fiktives Werk nur eine Art „ästhetischen Jubel" auslösen. Nimm Stellung.
- An wen richtet sich die fiktive Autobiographie? Erkläre die äußere Situation des Romans.
- Lässt sich in dem Roman eine kriminalistische Rahmenhandlung erkennen? Belege Deine Antwort mit Stellen aus dem Buch.
- Welchen Platz nimmt Lolitas Mutter Deiner Meinung nach in der Handlung ein?

- Inwiefern wird die Veröffentlichung von *Lolita* im fiktiven Vorwort verteidigt?
- Wie würde die Öffentlichkeit Deiner Meinung nach heute auf den Roman reagieren?
- Der Roman enthält einige Klischees über die Unterschiede zwischen Europa und den USA der damaligen Zeit. Welche sind das und wie werden sie dargestellt?
- Lolita ist zu einem Oberbegriff und einer modernen Ikone geworden. Benenne einige Beispiele, die die Wiedergabe der Charaktere oder der Handlung des Romans in anderen Kunstformen beweisen (Literatur, Kino, Musik, etc.).
- *Lolita* ist nicht der erste Roman der Literaturgeschichte, der einen moralisch verwerflichen Helden beschreibt. Nenne andere Beispiele.

Deine Meinung ist uns wichtig!
Hinterlasse doch einen Kommentar auf der Seite
unser Online-Buchhandlung
und teile Deine Favoriten in den sozialen
Netzwerken!

DARÜBER HINAUS

HERANGEZOGENE AUSGABE

- Nabokov, Vladimir: *Lolita*, aus dem Englischen von Dieter E. Zimmer und Helen Hessel, Rowolt Taschenbuch, Berlin, 1999

VERFILMUNG

- *Lolita*, Film von Stanley Kubrick, mit James Mason, Sue Lyon, Shelley Winters und Peter Sellers, USA, 1962
  Zuerst schrieb Nabokov selbst das Drehbuch, von dem sich Kubrick aber letztendlich nur inspirieren ließ. Trotzdem erklärte sich der Autor mit dem Film einverstanden, denn er bleibt dem Roman treu, auch wenn er Quilty öfter auftauchen lässt und ihm somit eine größere Bedeutung verleiht als im Roman. Peter Sellers ist als Quilty häufig auf der Leinwand zu sehen und wird so zu einer geringeren Bedrohung.
- *Lolita*, Film von Adrian Lyne, mit Jeremy Irons, Dominique Swain, Melanie Griffith, Frank Langella, Frankreich/USA, 1997

Der zweite Film hält sich noch genauer an den Roman, da Clare Quilty erst gegen Ende des Werkes auftaucht und auch aus der Vergangenheit Humberts und seinen ersten Erfahrungen mit „Nymphchen" erzählt wird. Lyne beschreibt außerdem die sexuelle Beziehung zwischen Humbert und Lolita genauer, was in den 1960er Jahren durch die Zensur in Kubricks Film unmöglich war.

www.derQuerleser.de

ISBN digitale Ausgabe: 9782808005524

ISBN gedruckte Ausgabe: 9782808005531

Pflichtexemplar: D/2017/12603/814

Cover: © Plurilingua

Logo: © Graphicrepublic (Freepik.com) und Plurilingua

In Zusammenarbeit mit Margot Pépin für die Personenanalyse von Valeria und die Kapitel „Humberts Pädophilie und seine Beziehungen" und „Die Schuld".

Digitale Aufbereitung: Primento, der digitale Partner der Herausgeber